ديوان

صباح الحب

يا حب

د. جُمان الريحاني

إهداء..

إهداء إلى الحب

وروح الحب

وعطر الحب

وجنة الحب

وفردوس الحب

جمان الريحاني

صباح الحب يا حب

صباح الحب يا حب

حبيبي

صباح الحب يا يا **حب** الحب

صباح الحب والعشق والإشراق

صباح الشوق

والوله الذي مازالت نيرانه ملتهبة بإحراق

صباح دمع التوق الساخن في الأحداق

صباح الصبابة التي فيها تم لي الإغراق

صباح الوجد

ومن روحي وقلبي وكياني لك يا إشتياق

صباحك أنا

صباح الدفء و الإشراق يا جمال المشرق الجميل

صباح شوق كل العشاق يا عشقي

يا شمسي والظل الظليل

صباح الأمنيات على شموع واحتراق اللقاء والرحيل

صباح بقبلة الصباح مع نجمة الصباح التي تقاوم الأهاليل

تقاوم تلك النجمة الصغيرة

لكي تظهر، وتوصل القبلة رغم حرمة التقبيل

صباح الروح للروح .. والجسد متروك ومجروح

وقوة الشوق بشدة العشق بدون تفسير وتحليل

صباح العهد.. والوعد بالحب كل صباح له ترتيل

صباح حرارة الوله رغم برودة الجو وقلة التعقيل

وكثرة التضليل

صباح الحب يا حب

يا حبيبي الوسيم الجميل

صباحك أنا ..

وقبلة حب يا من حبك في قلبي أصيل

يا سكر قهوتي

حبيبي

أيها الفارس الملثّم يا حبيبي يا نبع الدلع والغزل

خبئ جمال ثغرك الباسم عن كل حاسداتي

وإلا ضربهن صاعق غيرة وخبل

وخبئ الوجنتين

المحمرّتين.. من قبلاتي المرسومة عليها وَبَلْ

فيا مالكي

ويا مالك المقل

هل تُسْقَى أرض الحب إلا بأشهى القبل؟

يا مليح العرب

ويا وسيم لندن

حبيبي يا قمري كامل التمام

وإذا بدا لاح عليّا بنوره المضيء فأعلنت له الاستسلام

نوره القمري الفضي الساحر بالغرام

نورك يا قمري ينعكس في بحور عيوني

عيوني التي تتلهف لِلُقْيَاكَ يا حبيب هذا القلب

هل ترى يا حبيبي كيف نورك القمري يزيدني جمالا ؟

هل ترى الجمال الذي يَبُثُّهُ حُضُورُكَ فيّا ؟

حبيبي أنا جميلة بك

بل فائقة الجمال حين أنت تحبني

وأنت في عيوني شاب وسيم وخَيَّالْ

وفيك يَسْرَحُ كياني ويشتعل الخَيَالْ

حبيبي

أيها الفارس المُلَثَّم

أيا فارسي المُلَثَّم

ارأف بقلبي بوصال واكسب ثواب

فيكافئك رَبُّنَا التوّاب

فأنت بديع خَلْقِهِ والحُسْنُ فِيكَ صَوَابْ

وَقَلْبِي بِكَ مُصَابْ

مُصَابْ

وأنا طريحة الفراش صريعة الهوى بلا أسباب

أم أنك السبب والطب وعسل الجواب؟

الصبابة..

ما عرفت صبابة الحب لولاك يا **حب** ..

ما عرفت أن في الحب يوما للمحب هوانُ

فللعاشق ولنصر حبه يومٌ يَحِينُ له الأوانُ

فيا سيدي

ومالك أمري

سلبتني النوم وسلبتني وجداني

أنا وحيدة

وفي وجه قسوتك مالي من أعوانٍ

سقيتني ولع الفراق في فِضِّيَّاتِ الأَوَانِي

حوّلني الوجد إلى جارية من الغواني

وقد كنت من أشراف الأسياد

حرّة.. سيدة دهري وزماني

أسْكَرَنِي نبع عشقك

وأثْمَلَنِي

فنسيت في عالية القوم مكاني

ويْحِي من قسوة سيِّدٍ عَشِقْتُهُ

فتركني في بركة دمائي أتخبط وأعاني

لؤلؤ مشاعري

يا عَظَمَةَ حُبي وقوة إيماني

كيف سَطَعَتْ شَمْسُكَ؟

وكَشَفَتْ للناس لؤلؤ مشاعري ولمعاني؟

وأنا التي كَتَمْتُكَ في فؤادي
كيف سَطَعَتْ شَمْسُكَ وأَلْمَعَتْ جُمانِي؟
كَشَفْتَ عَنِّي غِطَائي

وحطّمت صدفة كانت ترعاني

أوجست مخاوفا في نفسي

هل تريد يا حبيبي قُرْبِي أَمْ تُرِيدُ إِبْعَادِي؟

مَنْ وَقَعَ فِي حُبِّكَ يَا حبيبي مَعْذُورٌ،

مَعْذُورْ

قَلْبِي وَقَعَ فِي حُبِّكَ دُونَ أَنْ تُقَدِّمَ لَهُ أَيَّةَ عُهُودٍ

أَوْ نُذُورْ

تَجْتَمِعُ فِي حُبِّكَ الصَّبَايَا

لَا أَلُومُهُنَّ..

فَلْيَجْعَلْ اللهُ فِي قُلُوبِهِنَّ كُسُورْ

قَلْبِي مِنْ غِيرَتِهِ يَقِفُ بَيْنَكَ وَبَيْنَهُنَّ

وَيَمْنَعُهُنَّ بِحَدِّ السَّيْفِ من العُبُورْ

أُغْرِقُهُنَّ فِي بُحُورٍ غَضَبِي

وَلَنْ يَنْفَعَهُنَّ نِفَاقٌ،

كَذِبٌ وَلَا زُورْ

فحين يحين القضاء

هو الغرق

كما لَمْ تُرْحَمْ أُمُّ الصَبِيّ

ولم ينفعها في الكلام أن تدور

هل استمع لها سيدنا نوح؟

.. لا ..

فلم يكن لها في السفينة مكان

ولا حظ حضور

لن ينفعكن توسل

ولا بهرجة ولا سفور

وسوف أقف أتفرج على عواصفي

عَصَفَتْ بهن في مثلت الجن بحبور

أو أبني لهن شواهد على كوكب آخر

وأملؤه لهن بقبور

حبيبي.. حبك يملؤني غرورا

وأريد أن أمنحك بالحب كل الغرور

حبك في قلبي صبور

وأنا في قلبك عصفور مأسور

أنا وقلبي نتساءل

حبيبي أنا وقلبي نتساءل

هل العشق حرام؟

هل هو حرام العشق؟

هل هو ذنب أم حق؟

العشق لقاء روح بروح

لقاءٌ بين شخصين

ليصبحا شخصا واحد

لقاءٌ بين جسدين

ليصبحان جسدا واحد

لقاءٌ بين قلبين

لِيصبحان نبضا واحد

لقاءُ قوة وضعف

في زمن واحد

لقاءُ خشونة ونعومة

في شكل واحد

لقاء ارتجافٍ وسُخُونَةٌ

في وقت واحد

لقاء بين عَالَمَيْنِ

لِيَصْنَعَا عَالَمًا بِالْحُبِّ وَاعِدْ

لقاء قَدَرَيْنِ يَظُنَّانِ

أنَّ الدَّهْرَ دَوْمًا جَاحِدْ

لقاءٌ لَا شُعُورِيٌّ

كَخُشُوعِ جَسَدِ مُؤْمِنٍ سَاجِدْ

لِقَاءٌ مَكْتُوبٌ

مِنْ رَبِّ عِبَادٍ أَحَدٌ وَاحِدْ

لِقَاءُ مُحِبٍّ لِحَبِيبِهِ

بِحَرِّ شَوْقٍ مُشْتَاقْ

لِقَاءُ عَاشِقَيْنِ

لَا يَقْبَلُ إِفْلَاقْ

لِقَاءٌ يُدَوِّي بِصَرَخَاتِ نِيرَانِ الأَعْمَاقْ

لِقَاءٌ يَصْطَلِي بِنَارِ الوَلَهِ إِحْرَاقْ

لِقَاءٌ لَا يَقْبَلُ الفِرَاقْ

لو تدري

حبيبي لو تدري

قبل عذابي كم كنت جميلة

حبيبي لو تدري

كم اليوم أصبحت نحيلة

صَبْرِي جَمِيلٌ

وَقَلْبِي عَلِيلُ

رُوحِي دَلِيلُ

وَشَوْقِي مِشْوَارُهُ طَوِيلُ

عِشْقِي أَصِيلُ

وَزَمَنُ الوَصْلِ بَخِيلُ

النَّاسُ فِي رَاحَةٍ.. خِلٌّ وَخَلِيلُ

وَحَاسِدِي.. مِنْ وِجْدِي يَسْهَرُ لَيْلَهُ نَحْبًا وَعَوِيلُ

وَسَيِّدٌ عَشِقْتُهُ..

..لَا أَدْرِي ..

.. إِنْ وَجَدَ قَلْبِي لِقَلْبِهِ سَبِيلُ

حبيبي عِشْقِي

وَأَنَا لِعِشْقِكَ حَقًّا قَتِيلُ

حبيبي..

هَلْ البُعْدُ سَبَبُهُ عَمَلُكَ أَمْ تَوَهُّمٌ وَتَهْوِيلُ؟

أَمْ أَنَّ هُنَاكَ شَخْصًا دَخِيلُ ؟

أَمْ أَنَّهُ دَلَعُ الحِسَانِ يَزِيدُكَ تَذْلِيلُ ؟

يَا مُدَلَّلَ قَلْبِي..

طِفْلِي وَصَغِيرِي الجَمِيلُ

يَا كَاسِرًا قَلْبِي بِالْهَجْرِ

وَعِزَّةُ عَاشِقِكَ فِي الْهَوَى تَذْلِيلُ

اكْتَسَحْتَنِي ..

ولِسَانِي لَا يَرْضَى لَكَ إِلَّا فَخْرًا وَتَبْجِيلُ

يَا مَطَرًا أَرْوَانِي فَأَصْبَحَ اللِّسَانُ لِشُكْرِهِ جَزِيلُ

هَلْ الْحُبُّ آثَامٌ أَمْ أَنَّهُ شَرَفٌ يَحْمِيهِ الصَّلِيلُ ؟

إِنْ كُنْتُ آثِمَةً ..

ضَعْ سَيْفَكَ عَلَى نَحْرِي

وَاقْطَعِ الْوَرِيدَ الَّذِي بِعِشْقِكَ ثَقِيلُ

اقْطَعْهُ

لِأَنَّ قَلْبِي لَنْ يُرَدِّدَ بَعْدَكَ اسْمًا تَرْتِيلُ

حُبِّكَ

سَكَنَنِي رُوحًا وَجَسَدًا

وَلَيْسَ لِحَالَتِي غَيْرَ عِشْقِكَ تَأْوِيلُ

يَا قَاتِلِي

حَرِّرْ رُوحِي مِنْ جَسَدِي

فَلَيْسَ لِجَسَدِي غَيْرَكَ حَلِيلُ

وَالرُّوحُ لَا تَصْبُو لِغَيْرِكَ بَدِيلُ

ضَعْ عَلَى قَبْرِي مِنْ الوُرُودِ أَكَالِيلُ

وَاقْرَأْ عَلَى رُوحِي آيَاتَ قُرْآنٍ وَإِنْجِيلُ

فَالتَّصَوُّفُ فِي حُبِّكَ كَانَ فِي نَظَرِ عَاذِلِي قَلِيلُ

أَمْ أَنَّ هَجْرَكَ لِي حَاصِلٌ وَتَحْصِيلُ

أَمْ أَنَّنِي أَنَا مَنْ تُعَانِي تَعْتِيمًا وَتَضْلِيلُ

اسأل عني

اسْأَلِ البَرَّ عَنِّي

وَالصَحْرَاءَ والظباء

اسْأَلِ الواحاتَ عَنِّي

والجدولَ والبَيْدَاءْ

اسأل الأيام عَنِّي

والبَرَارِي والسَّمَاءْ

اسأل الأمطار عَنِّي

فالأمطار تحمل دوما الأنباء

اسأل رُبُوعَ الأرض عَنِّي

واللَّيَالِي

وَشَوْقَهَا لِآدَمَ حَوَّاءْ

اسأل الكَعْبَةَ عَنِّي

والكِسَاءْ يَا حب يا زَمْزَمَ مَاءْ

اسأل القُرْآنَ عَنِّي

والمِعْرَاجَ والإسْرَاءْ

اسأل حُمَّى الحُبِّ عَنِّي

والمَشَافِي والأَطِبَّاءْ

اسأل قَلْبَكَ وَرُوحَكَ عَنِّي

فَلَا غَيْرَهُمَا فِي حُبِّنَا زُعَمَاءْ

اسأل المُنَاجَاةَ عَنِّي

وَالنِّدَاءَ وَالدُّعَاءْ

اسأل الأَحْرَارَ عَنِّي

وَالعَبِيدَ وَالإمَاءْ

اسأل الأَقْمَارَ عَنِّي

وَالأَجْرَامَ وَالفَضَاءْ

اسأل الأَرْوَاحَ عَنِّي

وَالأَجْسَادَ

وَشِبْرُ أَرْضٍ هُوَّ القَضَاءْ

فَقَدْ غَادَرَتْنِي رُوحِي..

غَادَرَتْ مِنِّي رَغْبَةً فِيكَ

رَغْبَةً فِي اللِّقَاءْ

اسأل العَوَاصِمَ عَنِّي

وَالبُلْدَانَ وَالمِينَاءْ

اسأل النُّبَهَاءَ عَنِّي

وَالإِغْوَاءَ وَالإِشْتِهَاءْ

اسأل الأَنْبِيَاءَ عَنِّي

وَالأَشْقِيَّاءَ وَالأَوْلِيَاءْ

اسأل العُمْيَانَ فِي الحُبِّ عَنِّي

فَلَيْسَ لِلْحُبِّ غَيْرَ العُمْيانِ فِيهِ أَوْفِيَاءْ

وَلاَ تَسْأَلِ غَيْرَ الوَاقِعِ فِي الحُبِّ

وَلَوْ صُنِّفَ مِنَ الأَذْكِيَاءْ

يا من أهواه

يا من أَهْوَاهُ لِي الله

دعوت على عاذلي يوم القيامة ألقاه

دعوت على حاسدي

لعل النار تصلاه

دعوت على زماني ل

عل الله على ظلمي يَنْهَاهُ

دعوت على قاطع الوصل بيني وبينك

ما عساني أقول.. يا الله

دعوت يا حب فجرا

فهل تعلم هذا القلب ما أشْقَاهُ

قلب يحبك

وفي حبه لك سَعَادَتُهُ وَهَنَاهُ

قلب في العشق محترق

والبعد له إِكْرَاهُ

وآهات.. ترددها الشفاهُ

وأغطيةٌ وإزارُ..

حمى العشق أَلْهَبَتْ سَرِيرَ الوِحْدَةِ.. فكيف الانْتِبَاهُ ؟

وليل طويل ..

عَاتِمٌ بَارِدٌ

والجَسَدُ عشق شَوَاهُ

صبابة تُوقِدُ عَاشِقِكَ يا حب إلى مُنْتَهَاهُ

مد وجزر

صباح الخير يا حب

حبيبي

نعم حبيبي ..

حين الزعل والغضب أناديك باسمك

وفي سري أقول حبيبي ..

وحين نتراضى تصبح باسمك حبيبي

في سري وعلى شفاهي

وبأعلى صوتي

أنادي يا حب

حبيبي حبيبي

حبيبتك كما الموجة

تمتد أحيانا غاضبة منك

ولكن سرعان ما تجذبني أنت

كبحر أنت أقوى من موجته الحبيبة

حبيبي

لا تحطم غروري..

على صخور الشواطئ البشرية

فلست مغرورة إلا بك

لا تكن قاسيا كمحيط غامض

وكن حنونا

كبحر هادئ يضم موجته الهاربة

كن رؤوفا رحيما

كبحر المساء حين يحتضن الشمس الهاربة من السماء

يطفئ لهيبها

وفي أعماقه يخبؤها من الليل الظالم

المظلم البارد المُلَغَّمِ بالأعداء

شمس تخضع لحبيبها البحر بكل ولاء

فتبسط فستانها الأحمر المتأجج

وفي أحضان حبيبها تخلع رداء الحياء

وكأنها كوكب

لا نعرفه

ولم نعهده في أيام البشر العادية

إنه حبها للبحر سر العطاء

شمس أنا غارقة فيك يا بحر العشق يا **حب**

أو حبة سكر

أذوب عشقا في كوب الشاي الساخن

يا شاي العشق الأحمر يا حب

الأحلام يا حب

هناك أحلام للنوم وأحلام لليقظة

أحلام نحلمها

وأحلام هي تراودنا

وكل حلم هو باسمك يا **حب**

يا حلم يقظتي وأحلام النوم

حبيبي يا حلمي الجميل

حبيبي

هل أحلم بك أم أنك أنت من تراودني؟

حبيبي يا حلم الضحى

وحلم العصاري

يا حلم عمق الليل وبدايته

وحلم الفجر السعيد

يا حلم الصبح

وابتسامته على شفتيي حين أفتح عيوني عليك

حبيبي

يا حلمي أحبك

نسيت حلم القيلولة

مع أنني لست من أهل القيلولة

ولكن إن كان فيها حلم

فهو حلم جميل بك

يا حلمي

يا حب سوف أهرع إليها كطفلة متلهفة

أهرع إليك

وأغوص عميقا

عميقا في تلك القيلولة التي أتمنى أن لا تنتهي

ولو كان في نوم الموت الهادي حلما

لتَمَنَّيْتُ الموت فيك أحلاما

بل لَمُتُّ فيك حلما لا نهاية له

ولو كان في الجنة أحلام

لَحَلُمْتُ بك حلما يَتَّسِمُ بالخلود

حبيبي هل تذوقت طعم الأحلام يوما؟

فحلم بالحبيب

له طعم مميز

لا يتذوقه الا عاشق حقيقي

كلمة أحبك

ليست مجرد كلمة

إنها عهد بالحب

إنها وعد بقلب وروح وجسد

كلمة أحبك

هي ميثاق

ورابط

وعهد

ووعد

إنها ختم على القلب

فمن يقولها يكون قد ختم قلبه للشخص الذي يحبه

كلمة أحبك هي أصعب كلمة في الوجود

يصعب التصريح بها

ويصعب قولها بصدق

ليست مجرد كلمة

إنها تحمل القلب بين حروفها

كلمة أحبك هي كلمة ثقيلة فهي تأتي مع التزامات

تأتي مع الألم والشوق

مع الحمى ونار الاحتراق

كلمة أحبك

قد تكون أقل صعوبة حين نكتبها

ولكن ما أصعبها

حين المواجهة واللقاء

صعبة بكل أشكالها

صعبة بخوف

صعبة بخجل

صعبة بتردد

صعبة برجفة ورعشة القلب

صعبة تهز الكيان وتغير كل الموازيين

صعبة على شفاهي

على شفاه فتاة عربية

عزيزة وغالية على شفتيك

على شفتيك يا حب أيها الرجل العربي

كلمة أحبك

تحمل كل السعادة والفرح

تنهي المعاناة والآلام

تجدد تدفق دماء الحب في العروق

تحيي القلب المشتاق العاشق

تزين المساء

وتنثر الورود والنجوم

تعطر الجو

وتريح شهقات القلب

والتنهدات

تجعل الهمسات تلمع وتشع عشقا وحبا

صعبة كلمة أحبك

لأنها كلمة كالقدر

كلمة أحبك

خلقت على شفاهي لأجلك

لأجلك انت

انت يا حب

الحب كنز

حبيبي

الحب كنز مفقود

وقليل من يجده أو يهتدي إلى طريقه

ليست كل القلوب قابلة للحب

فالبشر لا يعرفون قيمة العطاء

والحب عطاء

الحب لا ينتظر المقابل

ولو كانت كلمة أحبك هي المقابل للحب

نعم

كلنا نريد أن نسمعها

ولكن ليست شرطا للحب

فالحب لا يولد بشرط

بل نجده فجأة

وبالصدفة ككنز لا نراه

فنعثر عليه ككنز اليتيمان تحت الحائط

وحتى يبلغ الحب أشده لا نعثر عليه

مع أنه موجود داخل قلوبنا

الحب إيمان

وليس بنود نقرأها

وليس قانون نقسم عليه

الحب إيمان

إيمان يملأ القلب

فلا نقتله

ولا نحاربه

ولا نخالفه

بل نعيشه

ونؤمن به

الحب قدر

لذا نرضى به

بخيره وسعاته وفرحه

وبغير ذلك

بألمه ومعاناته

يا حب..

حبيبي

الحب هو أنت

وأنا أقر بأن قلبي يحبك

ولا أهتم لغير ذلك

حبيبي ..

الحب هو مخلوق جميل

فريد من نوعه

ليس سهل الوجود

ولا سهل العثور عليه

لذا هو مخلوق محسود

نعم للحب من الحاسدين

ما ليس لغيره من المخلوقات على وجه الأرض

وكل من عثر على الحب يوما

منذ أول الخلق تمت محاربته

ومعاكسته وأذيته

وذلك من باب الحقد والحسد

كل ثنائي مر في تاريخ البشرية عرفا الحب

لم يسعدا بسهولة

كل العاشقين عانوا من العذال والحاسدين

لا يرتاح الشخص الشرير

أو

الأشخاص حتى يفرقوا بين المحبين

ولو بالموت

ولكن في أحيان كثيرة ينتصر الحب

الحب كائن قوي

ومتى ما عرف الحب أن الشخص الذي يحمله في قلبه

يؤمن به

لا يخرج من القلب

أبدا

إلا بالموت

ولكن حبك يا حب

لن يغادر قلبي

حتى بالموت

يا نبض حياتي

حبيبي

عزيزي

الغالي

قلبي وحياتي

مدللي الجميل

طفلي الصغير والبريء

يا نبض الحياة ومعنى الوجود

يا سر البقاء

يا خمر.. ريق الخلود

يا قبلة الحياة لعاشقك الذي كان بين الأحياء مفقود

يا كرم الزمان.. هل بالحب ستجود ..؟

يارب ارزقنا الود

يا الله يا ودود

حبيبي هل هناك صد

حبيبي هل يجوز الصدود؟

أنا ظبية وسط ضباع وأسود

فالأرض تعج بالحاسد والحسود

حبيبي من دونك

حبيبك لا موجود

يا حبي وعشقي الموعود

ويا قلبي الذي هو لك مرصود

يا عيوني الدامعة هذا الحال غير محمود؟

حبيبي

أنا وقلبي كأصحاب الأخدود

وكل عواذلي وعواذلك على النار شهود

حبيبي النار في جسدي تلتهب ولا ترضى خمود

نار وقادة واللهب من الصدود

ولكن

أنا مؤمنة بحبي لك وبك

وعن عشقك لن ولن أحود

حبيبي قلبي يجاوب عنك ويكثر الردود

حبيبي دمت حبيبي وأنا لك

ولن يكون بيننا سدود

فقلبي خاشع في حبك بسجود

والروح والجسد كل لك مرهون مرصود

قلبي وأنت

حبيبي

لازلت سهرانة

سهرانة لك كل ليلة

النوم هجر عيوني

ولا أظن أنه يوما سيعود

كل الناس في هناء

وكم يَحلو لعيونهم الرقود

وأنا لا يرافقني إلا السرحان والشرود

أشد على قلبي

فلا يرضخ لي

ولا يرخي نبضه المشدود

فكأنما أعيش في زاوية عشقك

بين عابد ومعبود (قلبي وأنت)

والجسد على جمر الشوق ممدود

حبيبي

هل أطربك بأنغام الوله على صوت العود

فصوتي لك يشدو بالحب

والوصل يا حب منشود

يا خمر

ساهرة وفي عيوني نعاس

ساهرة وحدي بين الناس

ساهرة وقلبي يخفق بحبك بلا مقياس

ساهرة بحنيني

وأنت في قسوة جميل الماس

أحبك

ولا سبيل في حبي لك للياس

أحبك

وأفكر فيك

وأحيانا أظن حبك سكر بكأس

فالحب يسكر كالخمر

وعيب ذكره أمام الناس

تغمرني ضحكات

أحيانا

ودموع ونعاس

أحبك

بشدة

وقوة

وقلب يؤمن بحبه كطقس وقداس

أحبك

جميل الأوقات بالعشق

يا حب

يا أجمل أوقاتي بعشقي لك

والحب كشعاش الشمس

خيوط مشعة لامعة مغرية وجذابة

يا شمس الضحى

ويا شاي العصر في حديقة الورد

يا ورد عمري وحياتي يا **حب**

يا أجواء الرومانسية في أحضان الطبيعة

ودفء المشاعر في خفاء عن الناس

خوفا من القطيعة

يا جمال الليل وقمره

ونجومه وسهره

وسمره حول نار

وجمر وهمساتك

يا جمال النهار وشمسه

وبديع خلق جناته

حقوله وبساتينه

وحدائقه وجنائن الحب ولمساتك

يا جمال الفصول وربيع بسماتك

ودفء الصيف في قبلاتك

وأمطار الشتاء في عيوني من البعد والمسافة

ورسائلي

رسائل حب

كأوراق الخريف تتساقط

كأوراق أيام عمري بعيدا عنك

يا حبي الذي يشرق ويزهر

ويمطر ويعصف بي بالشوق

أحيانا

أحبك

حبي لك

حبيبي أحبك

أحبك بكل تفاصيلك

أحبك بكل حالاتك

أحبك في كل الأيام

أحبك في الليالي الطويلة والجميلة

أحبك في كل الظروف الطبيعية والبشرية

أحبك في البعد والقرب

أحبك حين الصمت والكلام

أحبك يا بحر العشق والغرام

أحبك بنار المسافة وجمر الشوق

وجمال المخيم

أحبك تحت السماء الواسعة

وعلى امتداد الأرض الشاسعة

وبعمق البحار والمحيطات

وألم القلوب المحطمة كأمواج على الشطآن

وقلبي الذي يحزن بفرح ويفرح بحزن

أحبك

سوف أختارك دائما

حبيبي لو كنت أنا روحا لاخترتك أنت جسدا

لو كنت أنا نبضا لاخترتك أنت قلبا

لو كنت أنا دما لاخترتك أنت أوردة وعروقا

لو كنت أنا نفسا لاخترتك أنت صدرا

لو كنت نجمة لاخترتك أنت سماء

لو كنت قمرا لاخترتك أنت مدارا

لو كنت شمسا لاخترتك ضوء لي وحرارة

لو كنت أرضا لاخترتك هواء

لو كنت سمكة لاخترتك بحرا

لو كنت عصفورة لاخترتك غصنا على شجرة

لو كنت لؤلؤة لاخترتك صدفة

وأنا أنا كما أنا أختارك نفسا نبضا حبا وقلبا

ويختارني القدر لك عاشقة

ويختارني الزمان لك مشتاقة

وتختارني الأيام لك صابرة ومتأملة

أحبك

يا نور القمر

حبيبي ..

عيوني أصبحت تُعْرِضُ عن أزرق السماء ..

يا سمائي وزُرْقَةَ الصفاء ..

قلبي لك في اهتداء ..

قلبي مؤمن بك يقدّم دماءه لك فداء ..

حبيبي يا بدر الحب

ويا شمسي التي أحبها

يا شمس الضحى ..

يا نور القمر في ليالي البشر الظلماء ..

حبيبي

قلبي مولع بك فما سيكون لقلبي عندك جزاء؟

يا أزرق العشق بالنقاء ..

لا أريد لعشقي فيك قوانين ولا إفتاء ..

يقين القلب لا ينتظر من الناس في الحب استفتاء ..

حبيبي

يا روحي وانتمائي

كل من هم حولي أصبحوا في نظري غرباء ..

يا وطني

يا من أريد منه لا من غيره الاهتمام والاعتناء ..

حبيبي أحبك بحرفين :

ح حب و حياة ..

ب بداية عشق ..

بداية أبدية ..

بوح وبلسم شفاء ..

بحر غرام فيه أنا غارقة إلى الأعماق ..

أحبك بكل الحروف

وكل اللغات

وحتى بدون كلام

بلغة الإحساس والشعور

وكلام القلوب ..

ألماس وأنفاس

يا حب يا صافيَّ الألماس قوته وحِدَّتِهْ ..

يا نعومة الأنفاس عذب النفس ورِقَّتِهْ ..

يا حب

حبيبي

أحبك إلى الأبد

يا حب

يا خمر الحب الذي يزيد اشتعال نار جمر الجوى

يا حب

قلبي يتقلب على نار العشق

وجسدي يحترق بنار الشوق والهوى ..

يا حب

احبك بقوة النار وحرارتها وسعيرها الذي يلتهم الفؤاد
والبدن

يا حب يا نار العشق وجنة عدن ..

أحبك .. إلى الأبد

قلبي مأسور

يا **حب**.. حبيبي

قلبي مسحور مأسور

قلبي هائم بعشقك مسحور

قلبي في صدرك عصفور مأسور

يا **حب** جسدي يتقلب على نار الشوق

كأنها مئة خنجر يطعن

يا **حب** هذا الجسد لا يتحمل ما تحمله القلب من بعد

جسدي للبعد لا يُذعن

يا هاجرا باللسان والجسد

هل سيدوم هذا الهجر إلى الأبد؟

عشقنا يريد أن يتحد

عشقنا هدية من الواحد الأحد

يا **حب** أحبك إلى أبعد حد

أحبك إلى الأبد

أحبك حتى تنتهي الحياة ولن ينتهي الحب

سحر الغرام

يا حب يا سحر الغرام

يا سر الأيام

يا سكر الأحلام

يا سهري والأوهام

يا سمر العشق بانسجام

يا سَبْيَ اللب والاستسلام

يا سهم الهيام

يا سفرا لرسائلي مع سرب الحمام

سلطان قلبي

يا قسوة الزمان

يا حب قلبي وحرمانه الحنان

يا رب السموات المنان

واهب الأرض و جنة الجنان

هل يحين لقلبي وحبه الأوان؟

قلبي على شاطئك يا يا حب

يا شاطئ الأمان

الحب سلطان

وأنت لقلبي سلطان

ومالكه أيها الإنسان

يا خوف قلبي من غرقه في بحر الأحزان

فهو لا يرحم هذا الزمان

قلب يملؤه حب بيقين

صدر يملؤه شوق وحنين

حب يتشبث بالحياة وله أمل في الحياة كجنين

الهجر يضع الظروف كفخ وكمين

وليس لي في الصبر مساعد ولا معين

الصبر صبران

صبر بقوة القلب

وصبر أمل في الزمن أن يلين

فالحب نعمة كالمال والبنين

ودعاء العيون للسماء أن يختفي هذا البين

تتغير الأحوال والدنيا من حين إلى حين

لا أتبع الأبراج

فقدري قمر مرسوم على الجبين

يا مهجة القلب ويا قرة العين

يا **حب** يا دنيا ودين

يا هوى وأوكسجين

يا قمري كامل الزين

وعشقي له يتدفق في الشرايين

يا ماء وطين

يا حلاوة قلب التين

يا قلبي الذي في صدرك سجين

وأمري الذي بأمرك رهين

يا بكائي كطفلة في جو غائم حزين

يا خلخالي الذي إشْتَاقَ صوت الرنين

ويا معصمي الذي لوته السنين

وعروقه تخاف قسوة الهجر التي تجرح كَحِدَّةِ سكين

رأفة يا زمان بقلبي المسكين

يا **حب** يا ضي العين

لك شوق عميق

من أعماق فؤادي وحنين

مع مرور الزمان

يا حب

حبيبي ..

مر يوم ويوم ويوم ..

مر شهر وشهر وشهر ..

مرت سنة

وهاهي سنة جديدة

وأنا أراقب الشروق والغروب

أراقب السماء والنجوم

أؤمن بالحب

وأثق به

والصبر رفيقي في مشواري

أحلام تتحقق

وأحلام نتمسك بها رغم أنها في عالم آخر

يا حب

عندما كنت صغيرة كنت أقرأ القصص

وأبكي مع الحزينة منها

ولكن عرفت معنى الألم حين جرّبت الشوق

إنه ألم يفوق التصور والتخيل

إنه ألم ينبع من الداخل

ويجرح المشاعر

وكأنه سكين يمزق الجسد

ألم عميق

كما الثلج يلسع مثله مثل النار

هذا الألم أيضا فيه معاناة

في كل التناقضات حرارة وبرد وحمى ..

ألم يعصر القلب

وقلب مقبوض

ونبض سريع جدا

أو أشبه بالمنعدم

أحيانا

وجسد طريح و ..

وأعراض أخرى

هذه هي حالتي

يا حب وأحيانا كثيرة تمنيت الموت

خاصة عندما كانت تغمرني الحيرة في الحب

الحب ليس سهلا

لم أكن أعلم أن هذا ما حدث لكل من أحب

ولكن الحب ليس بيدي

ولم يكن للحظة كذلك

يا **حب** أنت سبب وجودي

وسبب حياتي

أنا أؤمن بهذا

أنت لي..

يا حب

حبيبي أنت لي الشمس والقمر والنجوم

أنت لي البر والبحر والجو والغيوم

أنت لي الفن والأدب والعلوم

أنت لي الحب بوجه الخصوص والعموم

أنت لي الفرح

والسعادة

واختفاء ما يصيب القلب من هموم

أنت لي الأمس

اليوم وغدا

وكل مجهول في القدر ومعلوم

يا **حب** أنت لي ..

يا **حب** هل أنت لي ؟

يا **حب** قلبي يقول أنت لي **حب**

وعشق وغرام

وهيام

وشوق مفهوم وغير مفهوم

يا **حب** أحبك أنا وقلبي الذي بك مغروم

زمردي الريحاني

يا حب حبيبي ..

يا فيروزي وجماني

يا زمردي الريحاني

أيها الحجر الكريم

أيها النفيس بين البشر

جوهر الكنوز حبنا المرصود

كل الظروف تعيقنا كأنها قيود

وكأننا في عصر فرعون والنمرود

ولكن الحب هذا لنا أنت وأنا موجود

وعند البشر هو حب مفقود

يا **حب** أحبك بلا حدود

وأتحدى بحبك كل شخص على الأرض مولود

وأنتظر بصبر وتحمل يوم لقائنا

اليوم المنشود

يا **حب** أنت حبيبي رغم الحيرة وسحبها والرعود

يا **حب** أحبك

أحبك يا معنى وسر الوجود

يا **حب** يا سكر معقود

أحبك بحق الواحد المعبود

أحبك وقلبي وروحي لك نذور وعهود

يا طهر الجنة وعنبر ومسك العود

جنة قلبي

يا **حب** حبيبي يا شمس الأيام الصافية

وقمر الليالي المقمرة

يا **حب** يا هدوء البحر وخضرة الغابات

يا فسيح الصحاري ويا طهر الجنات

يا **حب** أحبك

وأريد أن أحبك في الأيام والليالي القادمات

أحبك رغم الألم والأنّات

أحبك

يا جنة قلبي

وجنة الروح يا جنّة الروضات

أحبك يا حب

يا صاحب الحُسن يا جميل البسمات

يَا صَاحِبَ الشَّامَتَيْنِ

يَا صَاحِبَ الشَّامَتَيْنِ حُسْنُكَ البَادِي ***

حُسْنٌ أَصَابَ عَاشِقًا فَأَدْمَاهُ

أَرْدَيْتَنِي لِلْهَوَى بِسَهْمِكَ الجَافِي ***

يَا قَاتِلِي وَصْلَكَ الحَبِيبُ يَرْجَاهُ ..

يَا دَارَ يَا حب هَا تَحِيَّةٌ مِنِّي ***

يَا دَارَ مَنْ أَرْصَدَ الجُمَانَ بِهَوَاه

أَلَهَبْتَ جَوْفِي بِنَارِ شَوْقِكَ الحَامِي ***

فَالعِشْقُ قَلْبِي كَيْفَ يَعِيشُ يَحْيَاه

غريق بحر الوله

يا **حب** حبيبي لم أعد أعرف للنوم طريق

وليس عندي على التوقيت أي تعليق

حبيبي أنا في بحر الوله غريق

حبيبتك ليس لها جناح للتحليق

وأنت بعيد قريب يا من للروح رفيق

أحبك يا يا **حب** يا جمال واقعي

وإن شاء القدر لأوثَقَ بالتصديق

يا **حب** روحي وحبيب عمري

أحبك بشوق

عاشقة تهواك

وحتى البعد يجعلها تهواك

وحتى البعد يجعلها تهواك

Sommaire